Para el soñador Pep.

Puedes consultar nuestro catálogo en www.picarona.net

LA NOCHE, EL SUEÑO, TÚ Y YO
Texto: *Carles Sala i Vila*
Ilustraciones: *Estela de Arenzana*

1.ª edición: abril de 2019

Traducción: *David Aliaga*
Maquetación: *Isabel Estrada*
Corrección: *Sara Moreno*

© 2019, Carles Sala i Vila & Estela Martínez de Arenzana
Derechos negociados a través de Ute Körner Lit. Ag.
www.uklitag.com
(Reservados todos los derechos)

© 2019, Ediciones Obelisco, S. L.
www.edicionesobelisco.com
(Reservados los derechos para la lengua española)

Edita: Picarona, sello infantil de Ediciones Obelisco, S. L.
Collita, 23-25. Pol. Ind. Molí de la Bastida
08191 Rubí - Barcelona - España
Tel. 93 309 85 25 - Fax 93 309 85 23
E-mail: picarona@picarona.net

ISBN: 978-84-9145-262-1
Depósito Legal: B-6.019-2019

Printed in Spain

Impreso en SAGRAFIC
Passatge Carsí, 6 - 08025 Barcelona

Carles Sala i Vila

Estela de Arenzana

La noche, el sueño, tú y yo

Libro de cuna

 Picarona

Ahora que es tarde,
mi niño,
siete estrellas te pesan
en los párpados,
y como cada noche,
junto a tu cama,
te acaricio el cabello
y te digo…

… que en esta hora de sueño,
ya no hay quebraderos de cabeza.
El último rayo de sol se los ha llevado
más allá del horizonte.

... Que en esta hora de sueño,
las obligaciones ya no existen.
Hemos cumplido con todas
hace ya un buen rato.

… Que en esta hora de sueño,
ya no tenemos propósitos.
También a ellos les conviene
descansar hasta mañana.

... Que en esta hora de sueño,
no hay temores que nos atormenten.
Los hemos vencido todos
cuando estábamos más despiertos.

... Que en esta hora de sueño,
no hay lugar para las inquietudes.
Y es que, si ya está todo hecho,
no tendrían ningún sentido.

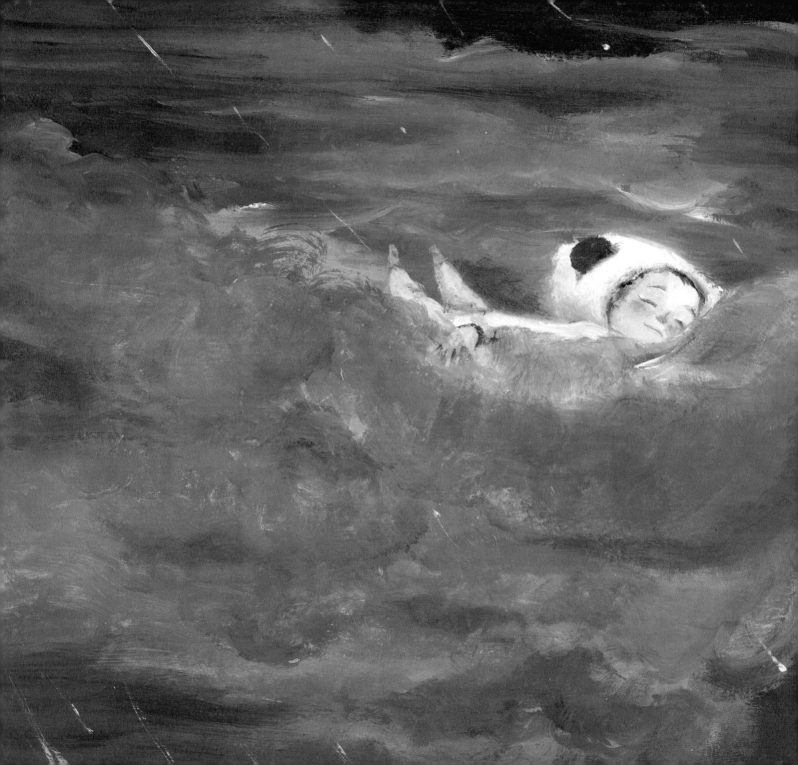

...Que en esta hora de sueño,
casi no te quedan fuerzas.
Ni tampoco las necesitas,
al menos, hasta mañana.

Ahora que es tarde, mi niño,
una luna blanca en tu frente
te comienza a contar sueños.
Y como cada noche,
junto a tu cama,
te sacudo del cabello...

... hasta el último quebradero de cabeza,
... y hasta la última obligación,
... y hasta el último propósito,

... y hasta el último temor,
... y hasta la última inquietud.
Y también hasta la última brizna
de fuerza del día.

Ahora que es tarde, mi niño,
en este cielo tan hermoso,
sólo quedamos cuatro astros:
tú,
yo,
la noche
y el sueño.

Y todo el amor del mundo.